Baila

con el

Diablo

Mariela Villegas R.

 Edición Diciembre 8, 2020

Agradecimientos

Esta historia no está basada en nada más que en mi imaginación. Amo las historias de fantasmas y paranormales, porque ellas te permiten expandir la imaginación sin tener límites, más que los que uno como autora les ponga. Es creación total. Pero quiero agradecer a todas las autoras de este género que me inspiraron a escribir como Anne Rice, mi ídolo en todos los aspectos, Kassfinol, amiga y autora indie a la que respeto con todo el corazón, escritores de terror como Stephen King que lucharon hasta el final para que sus obras fueran publicadas y a mis padres que han apoyado cada paso de mi vida, por más difícil que haya sido para ellos al no poder entenderme por completo. Maritza Rivero y David Villegas, ustedes son mi vida. ¡Gracias por traerme a este mundo con todo y lo que hayamos tenido que pasar como familia!

Dedicatoria

Dedico mi relato "Baila con el Diablo" a alguien muy especial para mí. Gerardo Domínguez, gracias por estar a mi lado entre todo este año que, todos sabemos, que no ha sido nada sencillo, y atravesar estas tormentas tomados de la mano. Sin importar lo que suceda, te amo.

Mariela Villegas R.

"¿Por qué vas al Infierno por tu propia voluntad? [...] No te vayas ahí sin presentar batalla".

Lestat, el Vampiro.

Anne Rice.

"Bailando con el Diablo"

(Mariela Villegas R.)

In restless dreams I walked alone
Narrow streets of cobblestone
'Neath the halo of a street lamp
I turned my collar to the cold and damp
When my eyes were stabbed by the flash of
a neon light
That split the night
And touched the sound of silence".

The sound of silence — Versión del grupo Disturbed.

(Publicada en la Antología Internacional Multiautor Melodías del Alma Vol. II).

Parte 1

Un vasto campo de trigo se desplegaba ante mí mientras conducía a toda velocidad. La verdad, terminé por disfrutar mucho el espectáculo que me ofrecía esta carretera poco urbanizada mientras por fin regresaba a casa. Sí, ¡otra vez en casa, gracias a todos los cielos! Bueno, en realidad se trataba del hogar de Travis y llevaba viviendo ahí ya varios meses; hermosos y tranquilos meses. Era un sitio algo retirado de la locura de la ciudad donde residía con anterioridad y un tanto aislado y pintoresco, ubicado en el corazón de los Estados Unidos de Norteamérica, por no decir que estaba "en medio de la nada". Trav me había pedido que le llevara unos sándwiches de *Subway* para que cenara, de esos que tanto le fascinaban —*Subway* de albóndigas con queso, mortadela y tocino, ingredientes fenomenales para subir el colesterol hasta el espacio exterior—, y dos barriles de seis galones de cerveza "Heineken", su marca favorita, porque aquí solamente llegaban las provisiones que les sobraban a otras cervecerías, siendo la más popular de la villa, la *Duche Bouche*, una bebida francesa de trigo con alcohol a la que, a duras penas, se le podía llamar cerveza. Sabía a rayos, pero si pasabas la primera y la segunda, tal vez hasta la tercera, le podías descubrir cierto encanto. Así que, esa noche, Travis disfrutaría de todo un banquete digno de reyes gracias a la hermosura de "yo". Reí en mis adentros.

El tremendo sol de este divino paraje y su calor que acariciaba mi piel blanquecina, me provocaron soltar un suspiro. En serio estaba feliz de regresar. Sin embargo y, podría decirse que de la nada, se me formó un nudo en el estómago y mis manos comenzaron a arder cual si tocaran brasas vivas.

—Ah, por favor —susurré negando con la cabeza. Solté el volante unos segundos y soplé mis palmas para refrescarlas un poco, aunque no bajaría la guardia. Siempre debía estar muy atenta a cualquier peligro, sobre todo en sitios como ese, y algo se proyectaba en mi mente y alma; es decir, ese *algo* quería hablarme, y con eso no me refiero a soltar palabras comunes al estilo charla, más bien, a amenazarme con su presencia e intentar amedrentarme. No precisaba abrir la boca. Lo que decía, se lo decía a mi subconsciente. Me troné el cuello de lado a lado, estiré la mano hacia el asiento del pasajero y saqué mi Yeti de mi *backpack*, bebiéndome de golpe dos tragos de vodka. Miré hacia la izquierda y ahí se encontraba una mujer de dorada cabellera y larga hasta la cintura. Sus rizos volaban al viento y le cubrían el rostro pálido, pero en estos lares nunca había ningún tipo de ventarrón ni nada como lo que la envolvía. Su vestido blanco de tirantes —que lucía más bien como una bata de dormir que no dejaba mucho a la imaginación, ya que se le transparentaban los pezones rosados y el monte de Venus, cubierto con vellos púbicos también dorados, como su melena), largo y sucio de la parte de abajo, enlodado, daba la impresión de que había salido del pantano *Heisenberg* que se hallaba a algunos cuantos kilómetros de allí, aunque era imposible que un ser humano fuera capaz de recorrer a pie —y descalza, puesto que no llevaba zapatillas—, esa distancia para llegar a la orilla de la carretera. Me llevé mi Yeti de nuevo a la boca y respiré profundo, bebiéndome la mitad del contenido. El aire olía a lavanda fresca combinada con galletas de chispas de chocolate recién horneadas y..., sí, con sangre, mucha sangre, de hecho. Estiré mi torso, elevando el mentón, sin quitar la vista del camino.

—Realmente no tengo tiempo para esto, mujer, así que tendrás que hacerlo muy rápido —murmuré con voz calmada, puesto que la energía que la chica desprendía era de puro terror. Si yo me mostraba alterada de cualquier manera, ella desaparecería sin saber *eso* que la había traído hasta a mí en primer lugar. No todos los fantasmas podían notar mi presencia, solo las almas en pena y las de energía negativa, almas malignas que se negaban a dejar esta tierra, ya que se alimentaban del miedo de los seres humanos. Esta joven, a todas luces, era un alma en pena o *gitana*. Era un sobrenombre inventado por "Quién Sabe Quién" en el año "1800 Me Importa un Carajo". A los malos, les decíamos *paganos*.

Guardé silencio total por un segundo, y me refiero realmente a un segundo, mil milisegundos exactos, donde todo a mi alrededor se detuvo por completo. Me recordaba mucho a la película "Constantine". De hecho, mi situación era algo similar a la de él, y si seguía fumando como lo hacía, terminaría como él. Sacudí la cabeza en ese tiempo donde no existía tiempo, y pregunté abiertamente, mientras la chica, en medio de una completa oscuridad, dolor y sed de justicia, se removía el cabello de la cara para dejarme contemplarla en plenitud. ¡Mierda! Por más que viera, tocara o provocara heridas sumamente ensangrentadas durante la mayor parte de mi vida, creo que jamás me acostumbraría a las *sorpresitas* que traían consigo los *gitanos*; como si la tuvieran que hacer más de emoción, carajo.

Donde antes se encontraba el ojo derecho de la joven, ahora había un hueco repleto de plasma casi coagulado, lleno de gusanos y otras alimañas que le recorrieron lo que solía ser un hermoso rostro. Ella, al observar mi reacción, se echó para atrás unos dos pasos. Levanté las manos en son de paz y, con absoluto cuidado, me aproximé a su persona. Entre más cerca me encontraba, más fuerte percibía aquel aroma a lavanda y galletas. La contemplé de pies a cabeza y me di cuenta de que la conocía.

—¿Audrey Lee? —cuestioné en un susurro.

Ella asintió una vez. En efecto, la conocía. Era famosa en la villa por su belleza incomparable y su escultural anatomía, además de, por otras cosas menos banales, como el hecho de que, siempre que alguien se encontraba enfermo, le llevaba galletas con chispas de chocolate deliciosas de una receta especial que solamente ella conocía.

—Audrey —suspiré en son de pesar. Había muerto y de una manera terrible; de otro modo, no estaría frente a mí implorando mi auxilio.

"Liberty", soltó en un eco ronco que no se parecía en nada a su dulce timbre de voz real.

—Dime, por favor, ¿qué es lo que deseas? ¿En qué puedo ayudarte? —inquirí un tanto apesadumbrada. Su característica sonrisa de dientes aperlados se había borrado para dar paso a una mueca de espanto incontrolable. Temblaba y, cada que trataba de abrir la boca, despedía un aire gélido y pútrido. No tenía idea de cómo canalizar su energía para hablarle a mi mente, y a mí se me acababa el tiempo. Pronto estaría de nuevo en mi auto, manejando a donde Travis, y Audrey permanecería en la tierra para siempre. Esta era su única oportunidad, puesto que yo no era psíquica ni me dedicaba a este tipo de actividades. Lo mío era algo... digamos que algo más rudo y letal. Necesitaba tocarle la mano.

—Audrey Lee Thomas, vine a tu penumbra con el único propósito de ayudarte, pero no podré hacerlo si no confías en mí —dije firmemente, en lo que daba varios pasos sigilosos hacia adelante para llegar hasta ella, con una mano estirada al frente y la otra hurgando en el bolsillo trasero de mis vaqueros apretujados. La joven echó un vistazo al pequeño objeto brillante que saqué de mi bolsillo y, al principio se negó a mirar, agachándose en señal de un horror que me calaba los huesos. Cualquier hijo o hija de puta que le hubiera hecho esto, tendría su merecido, sin lugar a duda—. Está bien, Audrey —señalé el espejo, agachándome para estar a su altura, entregándoselo en las manos. Ella quiso gritar o soltarlo, pero le fue imposible. Le pertenecía. A lo que más le temía, era a su reflejo en aquel artefacto.

Se trataba de un espejo cuadrado, no más grande que una polvera, cuya cubierta de oro con incrustaciones de diamantes en las orillas, lo hacían único. Fijé las pupilas en las letras que tenía grabadas en la cara superior: R. R. T. ¿R. R. T? La última vez que estuve en el pueblo, recordaba haberla visto en una camioneta negra, ¿una Mark LT, a lo mejor? Sí. Ella me saludó entusiasmada al cruzarse conmigo de camino a la Plaza de Ginebra, el único sitio donde vendían comida decente pasadas las seis de la tarde —y con "decente", me refería a hamburguesas y Hot Dogs—. De nuevo, estábamos en medio de la nada. Audrey sacó la mano, sacudiéndola para que me fijara en un anillo... ¿su anillo de compromiso? Travis me comentó algo cuando le conté que la había visto con aquel tremendo anillo cuyo diamante juraba que la botaría de lado, por lo enorme que era, y le pregunté con quién se había comprometido, aunque, la verdad, tenía tanta maldita hambre esa noche que ni siquiera lo escuché.

Audrey había comenzado a llorar, derramando lágrimas de sangre, incluso por el hueco donde solía estar su ojo, lo cual me dio muchas ganas de vomitar el vodka que me había tragado rato antes, aunque aguanté y seguí.

—Te ibas a casar, ¿verdad? —pregunté tranquila. Me urgía que me diera lo que necesitaba, ¡ya! No podía seguir con sentimentalismos absurdos. Lo importante, era salvarla de la eternidad en este limbo que ella misma había creado para protegerse.

Asintió con la cabeza. Le agarré las manos, arrebatándole el espejito, colocándolo en su rostro para que lo mirara. Se negó y peleó unos momentos conmigo por lo que hice, pero mi paciencia se agotaba. Se paró y trató de huir de mí. Le supliqué que no lo hiciera, recordando el nombre del ganadero riquillo con el que se iba a casar.

—¡Raynold Roberts Tercero! —grité. Ella se detuvo en seco y se dio la media vuelta para enfrentarme—. Ese es su nombre, el de tu prometido. Sus iniciales están grabadas en tu espejo —jadeé.

"Raynold", respondió, sin abrir la boca, con ese tono suyo muy peculiar y dulce. Me hablaba con el corazón a la mente. "Raynold, reliquia de familia", balbuceó mientras levantaba el objeto para mostrármelo.

—Audrey Lee, tienes que confiar en mí, te lo suplico. Estás conmigo por una razón, porque me llamaste. Si no deseabas enfrentarte a ti misma y a los recuerdos a los que tanto les temes de cuando moriste, no puedo hacer nada por ti y debo irme ahora. Mi alma no puede estar en el mundo de otros por más de un segundo o quedaré atrapada aquí contigo para toda la eternidad. Créeme, ni siquiera tú deseas eso. Existen seres que tienen acceso a estos sitios privados que los *gitanos* construyen para resguardarse, y no son seres afectuosos ni comprensivos. Si en realidad te preocupa tanto mirarte al maldito espejo, entonces, tendremos tiempo suficiente para que te cuente las cosas que esos cabrones les han hecho a las almas que he intentado rescatar de sí mismas. Y, por supuesto, lo que me hacen a mí cada día de mi vida. ¡Mírate al espejo Lee! —grité enérgica, perdiendo la compostura. ¡Ah, por todos los infiernos! Ya estaba harta de estos llamados del menos allá y más acá, o como gustaran clasificarlos.

La chica, con todo el pesar del mundo, comenzó a subir el artefacto hacia su cara. Sollozaba incontrolable. *Bien, Libby. A la próxima, mejor manda al Infierno a quien te pida algo, literalmente...*, regañó mi subconsciente. Por fin, Audrey posó el espejo delante suyo y, el tremendo espanto y la agonía, se apoderaron de ella. Su reflejo era algo menos que halagador, aunque consiguió su propósito.

—Tres, dos, uno —conté y, de pronto, estuve ahí, en su casita de madera con ventanas grandes que tenían cortinas blancas con mazorcas dibujadas en ellas. El aroma a lavanda era intenso, al igual que el de sus famosas galletas que aún se estaban horneando. Me guio hacia el pasillo, llevándome a su habitación. Ahí se encontraban ella y su prometido, Raynold; él, desnudo, y ella, con esa batita blanca que se acababa de colocar porque habían terminado de hacer el amor. Discutían, pero Audrey Lee no elevaba la voz, solo Ray. Le reclamaba que estuviera... embarazada... en lo que se colocaba los vaqueros y la camisa de cuadros negros con gris y blanco. El hombre estaba lívido, y cuando Lee intentó tomarlo del brazo para calmarlo, él la abofeteó muy fuertemente, dejándole una cortada en la mejilla izquierda, tirándola al piso. Audrey lloraba y le rogaba que no le hiciera daño a su bebé, pero Raynold no la escuchaba y le pateó el vientre tan fuerte como pudo. Usaba unas botas negras de piel, con una punta afilada de plata y espuelas del mismo material. Fue entonces que le confesó la verdad. No podían tener a ese niño porque él era casado y nunca tuvo intención de formar una familia con ella, se trató de una vil mentira porque ella era virgen y solo así se acostaría con él. Era solo su juguete. *Maldito malnacido*, dije a mis adentros, presenciando la escena completa.

Ray se dirigió a la puerta, exigiéndole a Audrey que se deshiciera del problema o él lo haría de cualquier manera posible. Lee, herida y con el tobillo lastimado por la caída, lo siguió, diciéndole que estaba siendo irracional, que ellos se amaban y que ella lo esperaría a que se divorciara para poder seguir juntos.

No me di cuenta de que una lágrima rodaba por mi mejilla. Yo no era de las clásicas mujeres que lloran por cualquier cosa. Ni siquiera con la película de *Coco*, porque yo conocía la verdadera muerte y no se trataba de algo ni mágico ni mucho menos hermoso.

Raynold respiró profundo al ver que Audrey no se daría por vencida, y frenó todo ataque. La besó tiernamente, la acunó entre sus brazos y curó sus heridas, para luego volver a cogérsela. Una vez que terminaron, ella sacó las galletas del horno y le dio algunas en una bolsa para que se las llevara y las comiera en el camino, pero él la tomó entre sus brazos, abrió la puerta, fijándose que no viniera nadie por la calle, ya que los vecinos más cercanos de Audrey eran los Dawson's, y ellos se encontraban a casi dos kilómetros de distancia. La subió al auto, así como estaba vestida, y le dijo que quería dar un paseo a la luz de las estrellas para elegir el nombre de su futuro hijo.

Sin más largas, la llevó hasta el pantano "Heisenberg", aunque ella no deseaba bajarse por la falta de zapatos, así que él le dio unas botas para lluvia que siempre cargaba consigo, debido a su trabajo con el ganado que, por supuesto, le pertenecía a su esposa. Todo el dinero, era de ella, y él jamás, jamás lo perdería para volver a ser un Don Nadie junto a Audrey.

Una vez abajo, Ray tomó la escopeta de alto impacto que utilizaba para cazar venados y, mientras Audrey observaba las estrellas centelleando divinas y pacíficas en el firmamento, la llamó para que se volteara.

"N-no me robarás lo único que es importante para mí, muñeca", dijo Audrey en mi mente, trayéndome de vuelta a su mundo oscuro. "Púdrete en el Infierno, pequeño diamante sureño, junto con esa basura que cargas en el vientre, que ni siquiera es mía, ¡maldita puta!".

El sonido del disparo de la escopeta me ensordeció por unos instantes y me hizo cerrar los ojos. Todo se puso muy, muy oscuro y la cabeza comenzó a dolerme terriblemente, justo en el área donde Lee había sido herida y su cuerpo tirado al pantano. De repente, el sonido del claxon de un tráiler que venía en sentido contrario me obligó a salir del alma de Audrey y volver a mi auto. Fue una suerte que frenara de golpe, a pesar de que el coche se coleó. Reaccioné del todo y vi hacia adelante... Audrey se encontraba de pie frente al capó del carro.

"Dile al Sheriff Douglas que él lo hizo, por favor, Libby. Encuentren mi cuerpo y entiérrenos a mí y a mi bebé junto a la tumba de mi madre".

Asentí.

—Y, ¿qué hay de Raynold? ¿Necesitas que le diga algo en especial? —cuestioné intrigada.

"Dile que siempre odié que me llamara su "pequeño diamante sureño", porque ni siquiera nací en el sur. Soy de Minessotta, ¡por todos los santos! Mi madre me trajo a vivir aquí con la abuela cuando papá falleció".

Sentí algo que *apareció* de nuevo en la bolsa trasera de mis jeans.

—El espejo probará que Raynold es culpable. Si no, no hubiera llegado a mí cuando te vi la primera vez en la carretera. —Le sonreí. En efecto, yo no lo traía nada más porque sí. Ella me lo dio cuando me vio pasar y con su energía lo colocó donde estaba.

"Antes de dispararme, quiso quitármelo, diciéndome que le pertenecía a su mujer. Lo lancé al pantano y fue cuando él... ya sabes. Pero, al meterme para ocultar mi cuerpo y el de su hijo, yo, milagrosamente, seguía entre viva y muerta, y sentí que algo o alguien me lo trajo directamente a las manos. Ahí permanece, entre mis dedos tiesos por el *rigor mortis*. Su escopeta cayó justo detrás de mí".

—Con eso es más que suficiente para que el hijo de puta muera en la silla eléctrica —afirmé.

Lo sabía. Ya lo había visto tostarse. Reí abiertamente. *Yo y mi humor macabro. Eso me pasaba por juntarme solo con fantasmas, demonios, espíritus y ángeles caídos.*

Una luz blanca cubrió a Audrey y, en un dos por tres, volvió a ser aquella divina chica de cabello tan rubio como la luz del sol, aunque, esta vez, no se encontraba sola. Tenía a un pequeñito y hermoso varón, muy parecido a ella, entre los brazos.

"Gracias, Libby. Mi querido Douglas L. Thomas y yo te lo agradeceremos infinitamente", murmuró esbozando esa deslumbrante sonrisa de sol y dientes aperlados.

—Espera, ¿Douglas "L". Thomas? —inquirí como si ella pudiera bromear al respecto—. ¿No me dirás que le pondrás a ese pobre chiquitín mi nombre, Liberty? ¡Ni siquiera es de hombre!

"¿Acaso importa? Cuando mueres, te liberas de toda falsa noción de moralidad. Esa es la más importante lección que me enseñaste, Libby".

Una luz amarilla cegadora los envolvió y supe que era hora de partir.

—No, Audrey, ¡no importa un carajo! —grité en lo que esbozaba una sonrisa de auténtica felicidad, y seguí con mi camino.

Parte 2

Después de lo ocurrido con Audrey, me sentía cansada, pero muy feliz, mucho más que antes. Aunque aún había cosas por hacer a ese respecto, primero le contaría a Travis todo, como siempre solía hacerlo.

La radio sonaba con una melodía rockera de los 90's. Evenflow del grupo Pearl Jam, uno de mis grupos favoritos eternos, aunque no se escuchaba muy bien porque mi estéreo era más antiguo que *La Capilla Sixtina*, al igual que mi camioneta automóvil, un Cabrio descapotable de color tornasol al que me negaba a renunciar porque me había transportado a cientos de aventuras por demasiados kilómetros. Adoraba esta vieja chatarra hermosa, con todo y el desgaste de su pintura que solía ser más brillante y, ahora, era opaca, sus pequeñas abolladuras y rayones en la carrocería, y sus asientos un poco raídos y manchados con café y alguna que otra cerveza o licor, o quemadura de cigarro en el techo. Ni idea de cómo llegaban hasta ahí esas perras, pero parecían una colección barata de tatuajes malhechos. Sin embargo, mi dulce Lestat —lo siento, pero no lo siento; así es, llamaba a mi auto por un nombre, y ese nombre era el de la novela de la autora Anne Rice, mi predilecta hoy y siempre, a la altura de la tecnología, eso debo admitirlo, de plano. Ya había llegado la hora de que mi amigo Edward le echara un vistazo. No era mecánico en sí, pero amaba componer cosas y estaba segura de que podría con mi estéreo. No sería ningún problema para él. Le doy un golpe, algo agraviada, pero luego pienso "No seas ridícula, todavía aguanta un poco más. Así solo conseguirás terminarla de joder". Vivir en el estado que vio nacer la música grunge era bastante cool si lo pensaba, y no era nada extraño que las estaciones radiotransmisoras emitieran este tipo de canciones.

No tardé mucho en llegar a mi destino. Aparqué la camioneta al frente, como siempre lo hacía, y salí. Me detuve a contemplar la fachada de la vieja casa de madera un instante y suspiré de alivio. Tal vez no era mucho, pero era acogedora y yo adoraba a Travis. Me hacía sentir a salvo. De repente, la puerta del frente se abrió y él salió con cara de pocos amigos. Vestía como siempre, con unos vaqueros desgastados, una camiseta negra, nada apta para el clima cálido de estos lares, y llevaba el cabello largo y negro amarrado en una coleta. Sus arrugas se notaban un poco más, lo que me hizo pensar que, como siempre, Don Cascarrabias había hecho muchos corajes últimamente. Es mi hermano mayor, por cierto. Pongo los ojos en blanco y me río. Ya sé qué me va a decir. Lo conozco muy bien.

—¡Eres pésima para aparcar, bicha! —suelta como si mascara las palabras, conteniéndose para no correr, arrebatarme las llaves y estacionar bien mi camioneta—. Pero ¡gracias a Dios que estás aquí ya,

Liberty! No he comido nada en todo el maldito día.

—"Hola, hermanita preciosa. Yo también te he extrañado" —digo exagerando mis ademanes y gestos. Le entrego la bolsa con los sándwiches y le estampo las cervezas en el pecho. No logro moverlo ni un centímetro. Está tan alto y fuerte como un árbol.

—Gracias, bicha —responde entrando a la casa, sonriendo un poco. Sabe que detesto que me diga así, pero jamás le ha importado. Lo ha hecho desde que tengo uso de razón.

—De nada, idiota —susurro y voy detrás de él, cerrando la puerta de golpe.

Aspiro el aroma seco de la madera y observo el derredor. Es perfecto. Todo está limpio, ordenado y en su lugar. Mi hermano puede ser un tremendo cabezota, pero conoce mi pésimo carácter cuando de la limpieza se trata. Nunca toleré las cosas sucias y podía pasar horas reprochándole si dejaba algo fuera de su sitio, cosa que no soportaba. Me reí en mis adentros. No, no era una mujer normal en ningún sentido de la palabra y amaba los *talentos* que poseía. De hecho, todos en mi familia éramos considerados diferentes y, pues en serio lo éramos. Ya para esta edad, mis veinte años, me importaba un carajo lo que los demás pensaran mientras yo y todos a quienes amara estuvieran seguros. El mal nos acechaba, nos perseguía, y Travis y yo, en vez de huir de él, lo enfrentábamos.

Nos sentamos a cenar y, justo en medio de la comida, el celular de Travis sonó. "Oh, oh", pensé. No podía ser nada bueno.

—Al, ¿qué pasa, viejo? Okey, tranquilízate. No, solo estábamos cenando, pero eso puede esperar. Sí, no te preocupes, estaremos ahí en unos minutos —me miró y luego miró a su sándwich de albóndigas que tenía apenas unas cuantas mordidas, y negó con la cabeza, tristón. No pude evitar reírme. Colgó el móvil y se dirigió a la encimera por sus llaves.

—Déjame adivinar. Era tu novia, ¿verdad? —Cuestioné para ayudar a que se relajara.

—Muy graciosa, Libby. Era Al Richardson. Su hija está poseída y debemos realizar un exorcismo. No pudo ni hablar bien siquiera, por el tanto miedo que le tiene. Dice que lleva unas semanas así.

—Entonces el demonio está en una etapa avanzada —solté en un susurro.

—Sí, así que mueve el trasero de tu silla porque te necesito. Sabes que no puedo hacer esto sin ti, hermanita linda.

—Te detesto. Solo cuando en realidad me necesitas no me llamas con ese *apodito* malsano. —Me paré y llegué hasta él en dos pasos, dándole un puñetazo en el brazo.

—Yo también te amo, Libby. Súbete a mi carro. Si nos vamos en ese viejo cacharro tuyo, la pequeña moriría porque no llegaríamos sino hasta dentro de una semana. —Una sonrisa de autosuficiencia se extendió en su rostro.

—¡Ya cállate, listillo! Es hora de pelear con la muerte. —Le cerré un ojo y salimos disparados hasta su Mustang GT negro.

Mi hermano condujo como alma que lleva el diablo —disculpen la comparación, no era literal—, y arribamos a donde los Richardson en menos de diez minutos. Después de todo, en este pueblo todo se encontraba a no más de diez minutos. Nos bajamos del auto y Travis se quedó un segundo inmovilizado en la entrada de la gran casa blanca de jardín enorme. Sabía que estaba algo asustado, aunque jamás lo admitiría, y su miedo no era por él, sino por mí.

—¿Lo estás sintiendo? —pregunté rozándole el brazo.

—Sí. No está siendo nada amable con la niña, pero ¿quién de ellos lo es? —Fingió una sonrisa. Yo también podía percibirlo, aunque no me atemorizaba. Me había acostumbrado a ellos, a esos perversos hijos del infierno, por más raro que se escuchara.

—Tengo un mal presentimiento, Liberty. Hay algo muy extraño en todo esto.

—¡Por Dios, Trav! Toda esta mierda de situación es extraña, pero aquí estamos.

—La radio de mi auto estuvo fallando todo el camino. Eso solo pasa cuando una presencia maléfica se encuentra cerca.

—Entonces, puede ser que mi estéreo no esté tan jodido después de todo —bromeé.

—Tu estéreo es una basura, Libby. No mezcles una cosa con otra. —rio—. Muévete, *aprendiz* —dijo intentando parecer despectivo. Él sabía perfectamente que en todo este... rollo, le llevaba por mucho la delantera. Mis poderes de intuición eran muchísimo más refinados que los suyos. Era una *Guía* nata, a él, en cambio, mis padres le habían enseñado todo lo que conocía. Sin embargo, era muy bueno, no me cabía la menor duda, y poseía atributos muy parecidos a los míos.

Siempre fuimos muy unidos, a pesar de que Travis no fuera muy cariñoso conmigo mientras crecíamos. Ambos habíamos jurado, desde muy pequeños, proteger a las almas que nos necesitaran y nunca faltamos a nuestra palabra. Ni una sola vez. Bueno, tal vez una, cuando me perdí en el *otro lado* y tuvo que traerme de vuelta. Yo no recordaba nada y estaba bastante desorientada. Nuestros padres ya habían muerto y él me cuidó desde ese entonces. Su actitud para conmigo cambió drásticamente, imagino que por el temor de perderme a mí también. Los demonios me habían torturado sin piedad y solo Travis me devolvió la sanidad —aunque aún había hoyos sin rellenar en mi historia—, cosa que agradecía infinitamente. Desde eso se volvió muy protector, pero me dejaba ser. De otro modo, no me hubiera permitido ir a la ciudad con la tía Alisson para cursar ahí la universidad. Fue la única ocasión en la que nos separamos. No tardé mucho en dejarla y regresar, porque, para mi desgracia, mi destino estaba atado a este diminuto pueblo y ya no me molestaba. Era feliz, y me había prometido que algún día encontraría a las alimañas que me traumatizaron hasta hacer pedazos mi cerebro y los haría ver su suerte.

Di varios pasos hasta llegar a la puerta y Al abrió antes de que pudiera tocar. Medité un segundo en las palabras de Travis. Si decía que había algo raro, entonces debía ser muy cautelosa. Su experiencia como psíquico no era algo que debía tomar a la ligera.

—Hola, Travis. Liberty —saludó con respeto Al y nos invitó a pasar.

—No hay tiempo para formalidades. ¿Dónde está tu hija?

—Arriba.

Ambos corrimos para llegar y, antes de entrar, Travis se dio cuenta de que no traía puesto su amuleto protector. Era algo que no podíamos darnos el lujo de quitarnos, pero mi hermano tenía el vicio de hacerlo cada que se bañaba. Era un dije de plata muy sólida con un rubí en medio. Por fuera no parecía la gran cosa, aunque esos rubíes eran especiales. Mi madre nos contó que un ángel que había descendido del cielo se los regaló durante un muy difícil exorcismo para salir victoriosos y como señal de su alianza con el Creador. El día que no lo usaron, murieron. Sus almas estaban condenadas al infierno y tanto Travis como yo lo sabíamos. No obstante, no hablábamos mucho de ello. Nos podía suceder también a nosotros de no tener cuidado. Me enfurecí.

—¡Travis Daniel Traynor! —grité, deteniéndolo del brazo, clavándole mis uñas. Él me volteó a ver como si estuviera loca, aunque no tardó mucho en comprender cuando clavé mis pupilas encendidas en las suyas. Se llevó una mano al pecho y no halló nada.

—¡Mierda! ¡Mi amuleto! —dijo negando con la cabeza.

—Tienes que ser más meticuloso, Trav. ¡Pudiste haber muerto ahí dentro! —chillé.

—Iré a buscarlo a casa.

Comenzó a bajar las escaleras y lo volví a detener.

—No. Yo iré. Debes tranquilizar a Al y comenzar con los rezos desde la sala o donde quiera que vayan, y debes prometerme que ni de broma entrarás a la habitación de Lee Ann.

Suspiró frustrado y asintió una sola vez.

—Cuídate, por favor, Libby —me acarició la mejilla.

—No, cuídate tú —señalé y me moví lo más rápido que pude. El sol ya se estaba metiendo y los campos y pasturas que pasaban al costado del Mustang parecían borrosos debido a la velocidad que llevaba. Me incliné un tanto para buscar el botón que encendía los faros del carro y, de la nada, apareció un tipo justo en medio de la carretera. Pisé el freno de golpe e hice una maniobra para no matarlo. ¡¿Qué carajos le pasaba?! ¡Acaso quería morir! Estaba lívida de coraje. Amaba aniquilar demonios, no seres humanos. Salté del auto y cerré la puerta de un solo golpe.

—¡Hey, imbécil! —grité a todo pulmón—. ¡¿Qué mierda tienes en la cabeza para meterte en mi camino así?! Si deseas morir, pégate un tiro, no me lleves contigo.

—Lo lamento —se disculpó, serio—. No era mi intención perturbarte, lo juro —dijo con voz conciliadora. Solo entonces me di cuenta de que no estaba para nada de mal ver. De hecho, era bastante guapo, de cabello rubio y corto, un poco desalineado, ojos azules como zafiros, de complexión delgada, aunque los músculos se la marcaban perfectamente por debajo de la camiseta blanca que llevaba y los vaqueros ajustados, y de estatura bastante alta.

—Perdón, pero no puedo verlo de otra forma. —Bajé un tanto los decibeles de mi tonito, a pesar de que no lo disculpaba aún.

—Fue una mala decisión, lo sé, aunque era necesaria. Me urge llegar al centro y necesito que alguien me lleve.

El corazón me latía con mucha fuerza y el estómago se me hizo nudo. Lo miré con un dejo de duda e incredulidad. ¿En verdad creía que confiaría en él después de su comportamiento?

—No lo creo, amigo —me di la media vuelta para retirarme y me detuvo, sosteniéndome de la mano. La sensación de hacer contacto con su persona trajo a mí una sensación muy intensa que no tenía idea de cómo nombrar. No era algo malo, pero tampoco algo bueno. No sabía. Mi vientre se contrajo involuntariamente y tragué saliva. El hombre era joven. No podía tener más de veinticinco años.

—Te lo suplico —entrelazó su mirada con la mía y sus ojos parecieron penetrar mi alma. ¡Dios! Sí, era increíblemente atractivo y se notaba que le importaba más su apariencia que su propia vida. De otro modo, jamás hubiera saltado como lo hizo en mi camino. Me solté de su agarre.

—En verdad eres un demente —puse los ojos en blanco. Respiró profundo. De alguna forma, mis palabras le habían calado. Se acercó a mí más de lo que me hubiera gustado y, de continuar así, iba a acabar con un buen puñetazo que le machacaría la nariz.

—Es muy difícil de explicar —Se pasó la lengua por la carnosa boca y casi me muero del infarto.

—Solo explícamelo. Lo difícil es mi especialidad, lo juro —bufé.

—Es una corazonada. ¿Nunca has tenido la necesidad estar en un sitio específico por una razón que desconoces? Una razón de vida o muerte.

¡Guau! Sus palabras tenían más sentido del que esperaba.

Se acercó aún más a mí, invadiendo por completo mi espacio personal. No cedí.

—Dime quién eres. Si no, te mando al diablo. Lo digo muy en serio —advertí.

—¿Nunca te han dicho que tu mal carácter es bastante... divertido? —Cuestionó con una sonrisita de suficiencia. "Idiota", pensé. Estaba coqueteando descaradamente conmigo. Normalmente no utilizaría la lectura de mentes, pero necesitaba entender a este Tarzán rubio y molesto. Cerré los ojos y me concentré lo más que pude. Mis sentidos se agudizaron y podía escuchar todo a mi alrededor. La mente de este hombre no era *normal*. Era un laberinto muy bien estructurado. Su aura era azul, igual que sus ojos, y había algo muy raro en él. No podía ver nada dentro de ese laberinto, me refería a memorias, emociones, cualquier señal de que hubiera tenido una vida. Debía llegar rápido al centro de ese laberinto. Tal vez ahí habría algo de sustancia. Sus pensamientos reales poco a poco comenzaron a tomar forma dentro de mí. Una luz ambarina me guio hasta lo más profundo de él. Me detuve ahí, sorprendida. Todo a mi alrededor se tornó negro y rojo, y sus pensamientos se volvieron como azufre. Ciertamente, olían a azufre. Esto de la telepatía lo detestaba, porque, literal, era meterse en otra persona, y eso me afectaba bastante. Más aún si se trataba de alguien como él. En definitiva, no era un ser humano normal. Ya he pasado un par de minutos en silencio y con las pupilas cubiertas. Debo decidir qué hacer y rápido, porque esta alimaña no se quedará así. Una especie de humo surge de entre las sombras y parece estar protegiendo la mente de este demonio. Es preciso hacerla desaparecer para comprender sus intenciones reales, que no pueden ser nada buenas. Lo inhalo con mucha fuerza, una y otra vez, hasta que sus pensamientos, como letras grandes en una pantalla de cine, se asoman:

"No está nada mal. La chica no está nada mal. Quisiera probar ese exquisito cuerpo suyo antes de matarla, pero no me la pondrá fácil. ¡Carajo! Voy a tener que hacer el trabajo y ya, y llevarme su puto auto. Es una lástima".

Abrí los ojos al instante. El demonio me estaba olisqueando el cuello, listo para lamerlo, lo cual me llenó de rabia y asco. Tenía la mano en su bolsillo trasero y algo me dijo que traía un arma. Se apartó de mí con brusquedad al darse cuenta de que ya había descubierto su plan, y sonrió con malicia. Los dientes se le habían vuelto puntiagudos y afilados, como los de toda alma muerta que se disfraza de humano. Solo aparecían cuando revelaba su verdadera naturaleza. Sacó el cuchillo que llevaba y lo dio tres golpecitos a su dentadura.

—¿Estás lista para morir, mi deliciosa Liberty Traynor?

—Valak —murmuré. Ahora lo reconocía. Varias veces tuve la oportunidad de *expelerlo* de algunas personas. Ahora había tomado el cuerpo de este chico. ¡Que tristeza! En serio lamentaba tener que acabar con tan impresionante *envase*.

—El mismo que viste y calza, preciosa. Siempre es un gusto verte. —Sus pupilas brillaban con un negro intenso al que ya me había acostumbrado. Todo era más sencillo una vez que se mostraban.

—No puedo decir lo mismo, hijo de perra. —Soltó una carcajada muy ruidosa.

—¡Vaya que eres divertida, Liberty! Me alegra mucho que El Maestro me hubiera enviado a exterminarte.

—Eso solo quiere decir que El Maestro se está quedando sin recursos y necesita utilizar toda la basura que le sobra. Sabes que no eres rival para mí, Valak. Jamás lo has sido.

—Hablas demasiado, como todas las zorras de tu calaña. —Se aproximó a mí y blandió el cuchillo para herirme. Ni siquiera se acercó a un centímetro de mi piel. ¡Era un real estúpido!

—Y tú ya agotaste mi paciencia. No te preocupes, no te haré sufrir mucho, viejo amigo.

—Yo a ti sí.

Apreté los puños con mucha fuerza y erguí el cuello. Ahora era yo la que sonreía. Lo haría pedazos.

—Por cierto, ¿podrás decirme a quién ibas a ver con tanta urgencia? Es por cortesía. Debo avisarle que no llegarás. ¡Ups!

—¡Maldita perra! No mereces ni siquiera escuchar su nombre. Es demasiado para ti y para ese pelele de hermano que tienes. No entiendo su estúpida necedad de poseerte.

—¿Qué? —grité extrañada. ¿A qué mierda se refería?

Valak dio un salto hacia mi persona y, con un gruñido furioso, me atacó. Me aparté hacia la derecha para esquivar el cuchillo, pero él era muy rápido, y yo jamás subestimaba a un adversario, por más idiota que fuera. Arremetió contra mí, dándome un puñetazo en el estómago. Sin duda era fuerte y el golpe me empujó contra el auto, haciéndole una abolladura. "¡Genial!", dije en mis adentros. "Travis va a matarme por eso.

Bien podría ahorrarle el trabajo a este pobre imbécil".

—Tengo mucha prisa —jadeé tratando de inhalar un poco de aire—. ¿Podrías acabar con esta farsa ya? Sabemos cómo terminará todo.

Me eché para adelante y le asesté dos, tres, cuatro... siete puñetazos seguidos, reuniendo todas mis habilidades de energía. Valak se sorprendió ante mi mordacidad y quedó aturdido un instante, aunque se recuperó con bastante rapidez y puso una de sus manazas alrededor de mi cuello para estrangularme. Con la otra, pegó el cuchillo en mi mejilla. Estaba muy frío, pero la piel de él no. Una vez revelados, incluso su temperatura aumentaba. Estaba tan caliente que causó que una gota de sudor me cayera por la frente.

—Voy a desfigurar esa cara de muñequita de una vez por todas, Libby.

Me clavó un beso en la boca y, cuando se separó lo suficiente, lo escupí.

—Y yo voy a destrozarte los cojones de un solo movimiento, ¡infeliz!

Arqueé el cuerpo y le di un rodillazo justo en medio de las piernas. No era humano, pero sentía igual que uno, dentro de su *envase*. Valak aulló de dolor y se dobló. Lo arrastré del cabello hasta el auto, abrí la puerta y metí su cabeza, cerrándola de golpe. El crujido fue tal que resonó en mis tímpanos.

—¡Dime a quién ibas a ver, maldito! —grité.

—Tus jueguitos no funcionan conmigo, Liberty.

Estaba ensangrentado y maltrecho, aunque no vencido. Para nada. Sus pupilas negras comenzaron a refulgir, lo que solo significaba una cosa: peligro. No era el primer demonio al que me enfrentaba en su estado de más pura maldad, llamada la "Etapa de Fuego". Sin embargo, debía arreglármelas e ingeniar un plan rápido para vencerlo.

Valak trató de insertarme el cuchillo de nuevo y lo esquivé, dándole un codazo en la cabeza y luego en la manzana de Adán. Cuando sintió que se ahogaba, soltó el arma y trató de recuperar el aliento, pero era demasiado tarde para él.

—¿Ves? Ni siquiera tuve que utilizar una sola arma. Última oportunidad, dime a quién ibas a ver y tendré piedad.

Jadeó fuertemente. Me miró y sonrió con la boca llena de plasma.

—No pienso hacértelo saber, Libby. ¿Y ponerte las cosas fá-fáciles? —tosió—. Él me va a vengar. Nos vengará a todos nosot-nosotros, ¡puta escoria!

Miré hacia el cielo. Las estrellas comenzaban a brillar y la luna asomaba su amable rostro entre unas nubes juguetonas. Negué con la cabeza.

—Bien, espero que disfrutes el viaje de regreso a casa, amorcito.

Lo besé para distraerlo. Lo conocía bien. Era un demonio muy sexual y cuando entraba a un *envase* se perdía en los instintos. No me gustaba tener que asesinar a los mortales poseídos, pero existían dos clases: los que de etapas del uno al cinco que se podían exorcizar porque llevaban relativamente poco tiempo de estar poseídos, y lo de etapas de la seis al diez, que llevaban desde un mes hasta años con una alimaña dentro. Esos eran insalvables. Cuando Valak venía a la tierra, primero jugaba con sus víctimas, quedándose en ellas por varios meses, torturándolas sin cesar para luego llevarlas a la muerte. Si yo lo exterminaba, no podría regresar por mucho tiempo porque El Maestro no estaría complacido con su falta de eficiencia. Lo castigaría o lo eliminaría de una vez por todas.

Me mordió el labio con sus dientes afilados y yo arremetí, incrustando mi mano en su garganta con mi energía restante, arrancándole la tráquea.

—Adiós, ternura —dije mientras lo veía desvanecerse a mis pies, convirtiéndose pronto en cenizas que el viento arrastraría.

Caí de rodillas al pavimento, completamente rendida. Ya no me quedaba fuerza. No obstante, conduje hacia mi casa y le llevé el amuleto a Travis. Por poco se le para el corazón cuando me vio. Estaba sumamente preocupado. Ni siquiera se dio cuenta de que su auto necesitaría una reparación mayor. Le dije que terminara el trabajo él solo con Lee Ann porque yo no le sería de gran ayuda en ese estado, y partí, dejándole a mi hermano la maleta con todo lo necesario para realizar el exorcismo: cuerda gruesa, el manual, un crucifijo, agua bendita, estacas, entre otras cosas. Tendría que irse a casa en taxi.

Mientras retornaba a mi hogar solo podía pensar en una cosa. Valak era solo un peón, un demonio que era utilizado de reserva; en pocas palabras, no valía nada. Si El Maestro lo había enviado de vuelta, era para algo importante. Me intrigaba saber a quién carajos estaba yendo a ver y la razón por la cual Valak mencionó que me deseaba. Se trataba de alguien muy poderoso, tal vez tanto como el mismo Maestro, a quien no se le permitía pisar la tierra. Esta batalla la peleábamos la gente *especial* como mi hermano y yo, "Los Guías" contra esas malditas alimañas. Todo para salvar a la humanidad. Ni siquiera los ángeles debían meter las manos. Fue en ese instante que, en lo que trataba de hallar respuestas en mis pensamientos, con un estallido que me rompió los tímpanos y una luz cegadora que se expandió por miles de kilómetros, entre un humo negro y denso con olor a azufre, el ángel todopoderoso, el original "Caído", Lucifer, se mostró ante mí. Media unos cinco metros de estatura y era simplemente divino, tanto, que me provocaba escalofríos. Demasiado perfecto en proporciones, pero con unos ojos tan sombríos y brillantes como la obsidiana. Todo él desprendía una energía negativa que aplastaba el alma, la hacía trizas, y mis poderes parecían tan apagados como mi fuerza. Mis pupilas observaron la destrucción que su aparición había dejado a su paso, y mi corazón voló de inmediato hacia mi hermano. Con tal absoluta y aguda devastación, era imposible que hubiera sobrevivido o, para todo caso, que cualquiera en la villa sobreviviera. Solo quedaba yo, completamente perdida en algo que no comprendía, y una lágrima silente marcó un surco por mi rostro sucio gracias a los escombros. No podía hablar ni moverme, y, de alguna extraña manera, no me importaba. Mi mirada perturbada se entrelazó con la de Lucifer y él esbozó una sonrisa sardónica que me sacudió hasta los huesos, electrificando mis neuronas y provocándome palpitaciones irrefrenables. Jamás temí a ningún hijo de puta diablillo de quinta, porque mis artes de combate siempre los superaban. Sin embargo, la desquiciante hermosura de este ente en particular causó que mi cuerpo reaccionara inesperadamente, humedeciendo mi centro, haciéndome tragar saliva y transpirar por cada poro. ¿Qué me ocurría? ¿Por qué me sentiría atraída a ese maldito que, por lo observado, venía a provocar el apocalipsis en el planeta, a pisar a los míos, si es que quedaba algún ser humano con vida? ¡¿Qué carajos estaba mal en esta imagen?! Siempre supe que no era una mujer normal, pero esto se extralimitaba. ¿Acaso sentía un tipo de emoción positiva por el mismísimo Satanás? ¿Me gustaba? ¡Qué puta locura!

—Liberty Traynor —soltó en un murmullo, aunque se escuchó como un trueno aterrador. Mi boca se negaba a abrirse. No me inmutaba y seguía humectándome, temblando de excitación y añoranza. No tenía idea de qué hacer. En la tierra, la mayoría de los humanos pensaban que El Maestro era Lucifer, el Diablo, pero no existía mentira más grande esparcida por las religiones. El real Maestro, era aquel a quien llamaban Dios, el omnipotente y omnipresente Dios, el ser más maligno de la historia, creador todo, manipulador de todo, salvaje y vil. En cambio, la energía que lo envolvía a él, a los demonios, a los seres humanos y sobrenaturales, y a nosotros, era la que nos cuidaba y nos convertía en

"Guías". La canalizábamos y limpiábamos. Nuestra anatomía funcionaba como una máquina recicladora y la consistencia de nuestra luz era, sin duda alguna, la más potente. No obstante, Satanás no era un demonio, sino el más poderoso de los ángeles a quien Dios repudió por enfrentársele y desear ser como él.

—Sabes que puedo leer lo que piensas, ¿verdad?

¡Mierda! Me tomó totalmente desprevenida y con la guardia baja. ¡Era verdad! Yo leía nada en su cerebro y él sí en el mío. Cerré los ojos e intenté cubrir mi mente con mi escudo protector, pero de nada sirvió. Tratar de atacarlo con las manos sería un suicidio y no estaba en mi naturaleza querer morir. Así que, prácticamente, no me quedaba nada más que esperar para saber cuáles eran sus intenciones.

—La respuesta a tu pregunta es sí.

Siguió, y ese *algo* que me mantenía pegada al piso, inmóvil y con los labios cerrados, me desató. La niebla abrió un camino que dirigía exactamente hacia donde Lucifer se hallaba hincado, con su increíble anatomía cubierta solo por unos jeans negros muy pegados que no dejaban mucho a la imaginación. ¡Medía cinco metros, por todos los santos! Y, a pesar de estar sumamente cautivada por él, me negaba a ver lo que esos vaqueros escondían en su parte media.

Lucifer sonrió cuando pensé esto y agachó un poco la cara, tapando con su cabellera larga de rizos perfectos, oscuros y bien definidos, sus pupilas centelleantes. Su rostro de quijada afilada y cuadrada, nariz perfilada, deslumbrante, y labios abultados y un tanto rosados, ponía en jaque a cualquiera. *¿Y yo estaba preparada para luchar contra tan imponente personaje, universo? ¡Pfff! Ni de joda.* Primero terminaba a sus pies sin remedio ni voluntad.

—N-n... no sé a qué pregunta te refieres —logré articular.

—Sí. Sí sientes algo por mí. Sería imposible que fuera de otra manera, Libby.

En un abrir y cerrar de ojos, el torbellino de viento regresó, envolviendo su tremenda estructura, mientras el polvo se levantaba a su alrededor y los relámpagos soltaban sus lamentos en el cielo, que comenzó a llorar con una lluvia profusa. El agua pronto me cubrió de pies a cabeza, lavando de mi cara las heridas previas a este encuentro, pegando demasiado mi ropa a mis curvas.

Una vez que el aire cesó, dio paso a lo que parecía un hombre bastante alto, vestido con un traje negro muy pulcro. Era él, pero ahora se había rebajado a mi altura, por ponerlo de alguna forma. ¡Carajo! Era tan guapo que dolía, físicamente, dolía su presencia.

—No tenía idea de que los ángeles caídos también podían volverse locos. Psicópata —bufé entre dientes, negando por completo su afirmación.

Él extendió uno de sus brazos hacia mí y su seductora fuerza gravitacional me jaló hasta quedar atrapada entre sus brazos. Inhalé su esencia diabólica y, esta vez, en lugar de percibir podredumbre, vacío y humo viejo, muerte vieja, olí el perfume más exquisito que jamás había olido. La memoria escarbó entre varias personas, porque conocía ese aroma. La cara de mi padre hizo acto de presencia; lo vi en esos ayeres cuando jugaba conmigo y luego me abrazaba con candor, susurrando a mi oído que siempre y por siempre, sin importar lo que le ocurriera, estaría conmigo. Ese perfume era suyo. El nudo en mi garganta se volvió mucho más doloroso, aunque no deseaba separarme de Lucifer.

—¿P-por... por qué hueles a él? —cuestioné sumida entre miedo y curiosidad morbosa.

—Ray, tu padre, me vendió su alma para mantenerte a salvo de El Maestro. —Abrí mucho los ojos y él, como si nada, me levantó la barbilla que tenía apoyada en su tórax de fuego y me dio un beso suave al principio, pero muy apremiante al final. Por el tiempo entero que duró ese beso, olvidé todo. Esto parecía algún estilo de hechizo. Sin embargo, como "*guía* que yo era, comprendía que los caídos manipulaban, pero les resultaba imposible despojarnos del "libre albedrío". Yo, Liberty Tyler, la eterna asesina de basura como la que me traía entre brazos, le devolví el beso con absoluta pasión y ahínco. La frase: "Todos queremos bailar con el Diablo alguna vez", cobró titánico sentido. Prosiguió, acariciándome el cabello, devorándose mis pupilas bajo la lluvia. Sus rizos seguían intactos, mientras yo parecía una estopa sucia y empapada—. Trevor está bien, no te preocupes por él. No obstante, me es imposible decir lo mismo de, al menos, la mitad del mundo.

La quijada empezó a temblarme. Sí, estaban muertos.

—¿C-cómo? ¿Por qué lo hiciste?

Lucifer sonrió ampliamente en un gesto casi infantil.

—Para construir un nuevo comienzo, los cimientos inútiles deben ser destruidos. ¿Acaso creías que eras tan buena en tu trabajo de *guía* por ti misma y acribillabas a mis hermanos sin mi ayuda o permiso? No, mi hermosa mujer ojos de hielo. Siempre estuve ahí, apoyándote, siendo la mano que te cuidaba en la perpetua oscuridad. ¿Estás comprendiendo lo que digo? Liberty, el apocalipsis no lo empecé yo en este momento. Tanto tus padres, como Trevor y cada uno de los guías, lo iniciaron hace décadas, limpiando el camino para mí, el verdadero mesías.

—¡No me jodas, lunático! ¡Es imposible que...!

No permitió que terminara el enunciado y me levantó como pluma, cubriendo mis labios con los suyos otra vez. Puta madre, niña. Estás a su merced —burló mi subconsciente, rendido.

—Te explicaré cómo funcionará esto para que cooperes y te dejes de sandeces y mierda. Olvida todo lo que aprendiste, porque tu maestro, de ahora en adelante, seré yo. Tú me perteneces por derecho de nacimiento; repito, tu papá no era la mejor persona del mundo, aunque eligió bien su bando. Estaba consciente de que un día me enfrentaría al Maestro para destronarlo de una vez por todas. Libby, soy tuyo. Libby, eres mía.

Comenzó a caminar, dirigiéndose a un motel que se hallaba cerca.

—¿Dónde me llevas? —inquirí ya sin ningún dejo de sarcasmo.

—Tenemos una habitación que nos espera, amada niña. Voy a cogerte hasta que no te sea posible pronunciar otro nombre que no sea el mío; hasta que el escozor de tu entrepierna sea tal, que solo lo alivie mi lengua y lo agradezcas, cada vez más dócilmente, rogándome que te penetre de nuevo; hasta que tu universo empiece y termine conmigo. Sembraré mi semilla en ti y tendremos descendencia pura, siendo los guerreros más fuertes del planeta y, cuando por fin ocupe el trono celestial, te sentarás a mi derecha. No habrá una sola alma que no nos alabe o se postre ante nosotros, ya que El Maestro jamás volverá a pisar sus cabezas... solo nuestras botas lo harán, y serás feliz en ese propósito, Danielle Liberty Tyler. No habrá más rebeliones de tu parte ni nada por el estilo. Reirás con lo que solías considerar maldad, lo juro. ¿Te queda claro?

¡Puta mierda! Estaba en "el hoyo", sumergida en el piso 330. Hice acopio de fuerza y lo empujé de forma muy enérgica para que se apartara de mí. Necesitaba aire.

Respiré profundo unas diez veces, imaginándome cada posible final a este escenario. Solté un bufido y levanté el rostro al cielo, sintiendo las gotas gordas golpetearlo. Mi historia completa pasó delante de mí cual película de bajo presupuesto. Negué con la cabeza y murmuré a ese Dios de muerte y soledad: *¡Púdrete! Esta vez no ganarás.*

Satanás soltó una carcajada y extendió su mano para que la tomara. Lo hice, aferrándome a ella con potencia.

—El precio a pagar por tu libertad a mi lado es muy poco a comparación de lo que ese cabrón te cobró por tu esclavitud, ¿verdad? —hizo una mueca de lado.

—No, malnacido —dije mordiéndome sensualmente el labio inferior—. Aquí nadie es libre. Tú, porque persigues sueños que te costarán todo. Él, porque jamás se rendirá en una guerra en contra nuestra...

—¿Y tú, Liberty? Tú, ¿por qué no serás libre? —acarició mi mejilla mojada, acercándose tanto que me robaba el aliento.

—Yo porque decido, voluntariamente, bailar con el Diablo a la luz de la luna llena, desnuda en cuerpo y alma, y ser su señora y reina. Prefiero tu esclavitud de deseo, a la suya, de dolor —jadeé, suspirando.

Me aproximé a su persona y lo besé. Sí, fui yo. Mi Lucifer, mi Satanás, como gusten llamarle, continuó su caminata hacia el motel y mi anatomía vibraba en deseo y falta de pudor. ¿Quién lo diría, no es así? En un minuto asesinas a los minios del verdugo, y en el otro, te entregas a él para que te folle y pases la infinidad de tiempo a su lado. Así somos los seres humanos de cambiantes de acuerdo con nuestros intereses, y mi único interés era que Trevor estuviera a salvo. Haría todo, todo lo que este ángel letal me había pedido, y cuando tuviera el reino de Dios en su poder, entonces, y solo entonces, le demostraría qué tan hija de puta puede ser una mujer cuando ha sido despojada de cada gota de dignidad.

—¿Por qué ya no me es posible leerte la mente? —cuestionó intrigado.

—Simple. Decidí darte acceso completo a mi ser. Con él puedes hacer lo que gustes, amado y odiado mío. No obstante, mis pensamientos son míos. Estarán

cerrados al público. —Reí ladina.

—Conseguiré volver a entrar, Libby. —Clavó sus unas en mi quijada, penetrándome con la mirada—. Siempre consigo lo que quiero. Incluso, me amarás sin medida.

—Buena suerte con eso —le guiñé un ojo y nos clavamos el uno en el otro, perdidos en brazos, fuego y deseo incontrolable, entrelazando la humectación de nuestras lenguas, mordiendo, arañando y conjurando a la noche una unión de exquisito infierno bajo la lluvia. No tardamos más en llegar al motel. Él creía que ya me tenía en sus manos. ¿Saben? Es lo malo de las suposiciones. Casi nunca son verídicas y te dejan con el corazón destrozado... eso si aún tienes un corazón para explotar.

El amor es una mentira cuando está atado a un tormento, y cuando ese tormento es un experto manipulador, no te queda más que caer en su juego hasta que sea demasiado tarde para que, comprendas que, los hilos que lo movían, se encontraban sujetos a tus dedos todo ese tiempo.

Pero, después de todo, la única heredera del Cielo... sería yo.

Fin

Sobre la Autora

Mi nombre es Mariela Villegas Rivero. Soy escritora mexicana. Nací el 29 de enero de 1983. Estudié Licenciatura en Lenguas Modernas y ahora trabajo como maestra de una escuela secundaria en mi ciudad natal, Mérida, Yucatán. A diferencia de muchas autoras que he conocido, yo no empecé el trayecto a la palabra escrita devorando libros. Buscaba un lugar en el mundo, un propósito, y este apareció de súbito a mis veintisiete años con mi primera historia, Luna Llena. En estos años, me he dado a conocer alrededor de mundo a través de las redes sociales y diversos medios de comunicación. He sido entrevistada en los programas de radio por internet, Café entre Libros y Conociendo a Autores, de la Universal Radio, La Hora Romántica de Divinas Lectoras con Cecilia Pérez y Revista Radio de las Artes, de Diana Ríos. Mi obra de poemas Mujer de Fuego fue homenajeada por la radio argentina Alma en Radio en febrero de 2015. Llevo hasta ahora más de 65 libros publicados de forma independiente, impresos y digitales, y 2 premios literarios por mi novela Noche de Brujas (Premio 3 Plumas de Pasión por la Novela Romántica, España 2014, por Mejor Novela de Romance Paranormal y Mejor Novela Young Adult o Romance Juvenil), primer libro de la Saga Noche dc Brujas, compuesta por cuatro volúmenes. Soy autodidacta y siempre he pensado que la inmortalidad se puede alcanzar mediante la trascendencia de nuestras ideas. Luchen por sus sueños, por más cliché que esto les suene, porque soy prueba viviente de que se pueden volver realidad si en verdad los deseas y trabajas por ellos. Los amo y ¡mucho éxito con todo lo que emprendan! Aquí tienen a una mujer que cree en ustedes incondicionalmente.

Mérida, Yucatán, México

***Biografía actualizada el 04 de agosto de 2021.

BIBLIOGRAFÍA:

—Serie Lunas Vampíricas (romance paranormal) 6 LIBROS DE EDICIÓN DE DÉCIMO ANIVERSARIO:

1) Luna Llena libros 1 y 2, 2) Cuarto Creciente libros 1 y 2 y 3) Cuarto Menguante libros 1 y 2

—Serie Lunas Vampíricas Más Allá de los Siglos (se puede leer junto a la serie original, o la primera novela separada de la segunda, o se pueden leer de corrido absolutamente todas).

1) Luna Negra, Lunas Vampíricas más allá de los siglos Vol. 1

2) La Mano del Destino, Spinn Off de Luna Negra, Vol. 2

3) Luna Llena Más Állá de los Siglos, la antología, que combina ambos libros en uno a menor costo. Un solo archivo.

4) —Saga Noche de Brujas (romance paranormal):

1) Noche de Brujas 2) Crónicas de Sombras 3) Crónicas de Sangre 4) Crónicas Inmortales.

—Trilogía Espectral (romance paranormal):

1) El Ángel de las Sombras 2) El Ángel de Fuego 3) El Ángel de Hielo.

—Leyendas Prohibidas (romance paranormal).

—Los Hombres de mi Vida (romance erótico contemporáneo).

—Mujer de Fuego, poemas y pensamientos.

—Alma Inmortal (romance paranormal).

—Hoy el Aire Huele a Ti (novela erótica).

—Bilogía Pasiones Oscuras (novelas eróticas): 1) Pasiones Oscuras 2) Pasiones Indomablcs.

—Serie Delirios y Amores (microcuentos y relatos):

1) 50 Suspiros y 3 Pasiones, 2) 50 Suspiros y Un Pecado, 3) Antología Mínima Erótica y 4) Deseos Indistintos, de la cual se desprende una mini serie de relatos independientes del mismo nombre: 1) De Ella, 2) Ikal-Chakte, Historia de un Inmortal y 3) Tú, mi Luna.

—Solo Amigos (relato de romance erótico).

—Realidades Fantásticas (libro didáctico de fomento a la lectura para adolescentes).

—Descubriendo a Shane (novela de romance lesboerótico)

—Suspiros de Terror (microrrelatos de suspenso, horror y thriller psicológico).

—Corazón al Descubierto, Poemas de Amor y Desamor (poemario en verso y prosa).

—Nuestro Cielo (relato largo de romance erótico).

—Frenesí. Antología Erótica (dos relatos eróticos de Navidad).

—Serie Lunas Vampíricas, Edición Especial Completa.

—Saga Noche de Brujas, Edición Especial Completa.

—Trilogía Espectral, Edición Especial Completa.

—Bilogía Pasiones Oscuras, Edición Especial Completa.

—Historias de Seducción, Compilación Erótica (2 novelas cortas y 3 relatos, "Cómplices", "Los Hombres de mi Vida", "Nuestro Cielo", "Hoy el "Aire Huele a Ti" y "Solo Amigos").

—Historias Inmortales, Compilación Paranormal (3 novelas y 2 relatos).

—Cuestión de Piel, thriller erótico psicológico.

—Relato Independiente "Pequeño Ángel Oscuro" (suspenso, drama y romance paranormal).

—Relato Independiente "Baila con el Diablo" (suspenso paranormal, terror y erótica).

—Antología "Letras de Sangre", relatos diversos paranormales.

—Poemario "Deseos de Amor y Muerte" (50 poemas cortos).

—Antologías Multiautor: Melodías del Alma 1 y 2, y Romance en Tinta "Nostálgico Amor" y "Amor Prohibido", entre varias otras.

Y SE APROXIMAN MÁS HISTORIAS... LOS INVITO A ESTAR PENDIENTES DE MISREDES SOCIALES, AMORES. UN GRAN BESO.

Para contactar a la autora:

Facebook: www.facebook.com/marielavillegasautora

Messenger: m.me/marielavillegasautora

Página de la autora en Facebook:

https://www.facebook.com/marielavillegasrautora

Twitter: @maryvilleri

Instagram: marielavilleri

Página de la Tienda Virtual de la autora: **BE DIFFERENT BY MARIELA VILLERI** ® con todos los libros de la escritora a precios permanentemente más económicos que en Amazon, **SOLO EN FORMATOS DIGITALES** (PDF, Mobi y ePub) para el mundo entero:

www.facebook.com/contactosediferen

te o @contactosediferente en el buscador de Facebook, y Messenger o inbox: m.me/contactosediferente

WhatsApp de Ventas de libros y de la Tienda Virtual Be Different: 9999000906

***Más de 40 libros GRATIS EN KINDLE UNLIMITED.

*Mi Amazon, con todos mis libros impresos y Kindle internacionalmente: ***amazon.com/author/marielavillega s***

*Mis libros impresos en Lulu: www.lulu.com/spotlight/MarielahVill eri

*Mis libros IMPRESOS SOLO EN LA REPÚBLICA MEXICANA BAJO

PEDIDO, con regalos como llaveros oficiales de la autora, separadores de páginas tejidos, artesanales, de la diseñadora Edna Villegas Beltrán, de sus famosos diseños en #MadeinEdna, y muchas otras sorpresas más para ustedes, al inbox m.me/marielavillegasautora, al WhatsApp 9999000906 o a mi mail marvillri@hotmail.com

Mi canal de YouTube con AUDIOLIBROS GRATUITOS:

www.youtube.com/user/maryculle n28

¡Únete a nuestra familia de #youmaniacosdemariela!, y checa libremente los 14 o más audiolibros, relatos, microrrelatos y booktrailers, junto con algo más! Somos casi 2500 y seguimos creciendo de forma muy rápida. Miles de gracias a mis niños de esta casita, mi canal, que también puede ser suya. Escápate conmigo a mundos que jamás hubieras imaginado y que te ayudarán a escapar de este, que, muchas veces, no es suficiente. ¡Vamos, amores! ¿Me toman de la mano? Besitos de corazón y bendiciones.

Made in the USA
Middletown, DE
10 January 2022